Watsonville

Watsonville

Potts

Sra. Niobe

América

Hopis

EL PERRO
VERDE

J.L. BADAL

EL PERRO VERDE

ILUSTRACIONES DE ZUZANNA CELEJ

laGalera

Primera edición: octubre de 2016

Diseño de interiores: Xavier Peralta
Diseño de cubierta: Duró Studio
Edición: Olga Portella Falcó
Dirección editorial: Iolanda Batallé Prats

Casa Catedral ®
Josep Pla, 95
08019 Barcelona
www.lagaleraeditorial.com

Depósito legal: B-14.387-2016
Impreso en la UE
ISBN: 978-84-246-5839-7

Impreso en EGEDSA
Roís de Corella 16
08205 Sabadell

Índice

HOPI

FERNANDO

BALBINA

PAPABERTIE

SÓFOCLES MINT

HAUSMANN

LAS GAFAS MISTERIOSAS

Son las diez de la noche. A estas horas todo el mundo está durmiendo en el **Internado para Niños Huérfanos y Descarriados Sharlok Home**. Pero se oye, muy débil, una voz que proviene de la biblioteca. Flota la suave luz de unas velas… ¿Quién podrá ser?

Son nuestros amigos, claro. Sentados en el suelo en torno a dos velas, Balbina, Hopi y Papabertie escuchan la historia que Fer está leyendo. Hopi se acurruca en su regazo y no puede apartar los ojos de las ilustraciones. Hoy están leyendo *El perro de los Baskerville*, una historia misteriosísima que parece que el protagonista, Sherlock Holmes, no podrá resolver jamás. ¡Sherlock Holmes es el detective preferido de los niños! Cuando, en una de las ilustraciones, aparece el monstruoso perro de los Baskerville, Hopi pega un grito y se le cae la piruleta de la boca.

—**¡Hopiiiiiiiiiiii!**

—Shhh... ¡Calla! Van a oírnos... —susurra Balbina. Todos sonríen.

Otro personaje los acompaña, está escuchando y también sonríe. Pequeña, roja, con las puntas de las alas de colores cambiantes, una mariposa quiere conocer el final de la aventura. Se agarra a la página y, cada vez que llega una nueva ilustración, tiembla emocionada. Es una Buba Luna Volanda, la mariposa que ningún científico ha descubierto aún.

Hoy Papabertie les ha traído un paquete de piruletas y una botella (tamaño súperenorme)

de sidral para
mojar las
piruletas. Lo ha
cogido todo de
la cocina, claro.
Parece mentira que
la cocinera, la
señora Nonna,
nunca se dé
cuenta. El
sidral sabe
a limón y es
muy ácido (es el
preferido de Hopi).

Hace días que el pobre Hopi
estaba pidiendo una pipa coma la que fuma
Sherlock Holmes en todas sus historias.

—¡Pero Hopi! ¡Tú no puedes fumar! —lo
regaña siempre Fer.

—¡Y además el humo está asqueroso!
—añade Balbina—. No pararías de toser, ¡puaj!

—¡¡**WHORFF!!** —opina como siempre
Papabertie.

Pero resulta que precisamente hoy,
Papabertie ha traído las piruletas. Hopi ha
corrido a coger la suya como si se tratara
de una pipa de detective. Se le cae al suelo
constantemente, pero está tan feliz…

«**Pif, pif…**», parece que pipe.

Balbina lo mira sonriendo. Cuando pone esta cara de despistada es que su cabeza ya está maquinando un nuevo invento. ¿Qué será esta vez?

A veces sus inventos fallan, pero no le importa. El último que realizó, un «reloj-despertador-globo» que flotaba por toda la habitación, explotó justo sobre la calva brillante del Profesor Salami. «¡Planck!»

—¡Agh! i*Hogroggrrosso*! —chilló el profesor. Lo peor es que, con el grito, se tragó la campanilla del despertador.

—¡Argh! i*Hogroggrrosso*! *¡Grrrrrrriiiiiiinnnng!* i*Hogrogrrrrriiiiinnnngg*!

Ahora, cada vez que chilla, o bosteza, o estornuda, suena la campanilla. De esta forma: «¡ATXUM! ¡GRRIIIIIIIIINNNNNNGGG!».

Por supuesto, los castigó a todos en la Sala de las Torturas. Afortunadamente, con el

13

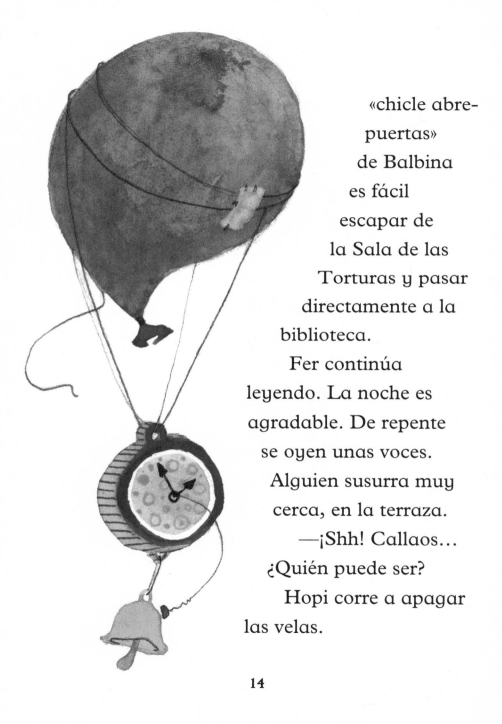

«chicle abre-
puertas»
de Balbina
es fácil
escapar de
la Sala de las
Torturas y pasar
directamente a la
biblioteca.
Fer continúa
leyendo. La noche es
agradable. De repente
se oyen unas voces.
Alguien susurra muy
cerca, en la terraza.
—¡Shh! Callaos…
¿Quién puede ser?
Hopi corre a apagar
las velas.

«**¡Fuf!**», debe saltar para llegar a ellas.

Se acercan sigilosamente a la ventana, que está abierta.

Media luna sonriente lo ilumina todo. Entre los dos viejos cañones, dos figuras están hablando. Una de ellas es muy delgada y se mueve de una forma extraña. Lleva una capucha que le cubre toda la cara. La otra es...

—¡El Sibiuda!

¡El más horrible compañero de clase, el enemigo de Fer y Balbina, el ladrón de calzoncillos!

Solo pueden oírse algunas de sus palabras:

—¡Antes que nada las gafas! ¡Sobre todo tenemos que robar las gafas!

Fer se rasca la cabeza. «¿Gafas? Qué misterio...», piensa.

El otro personaje, con voz muy extraña, responde todo el rato:

—Zí, Zibiuda, zí… ¡No zufraz, Zibiuda! ¡Zí, zí, zí, zí… Zí, zí, zí, zí…!

De repente, este hombre estrafalario señala uno de los pies del Sibiuda.

—¡Zibi! ¡Pero zi te falta un calcetín!

El Sibiuda sigue con sus extrañas frases.

—El perro verde… Las gafas… ¡Recuerda!

Y, con cuidado de que nadie los esté vigilando, huyen cada uno por su lado. Por suerte no han mirado hacia la biblioteca.

En ese momento, Papabertie resopla medio dormido. Está royendo algo.

—**¡WHORFF!**

—¿Qué tiene Papabertie en la boca? —pregunta Balbina.

Es un calcetín. Fer lo reconoce.

—¡El calcetín del Sibiuda!

Papabertie sonríe, abre un ojo y se traga el calcetín de golpe.

En ese momento se oye el «¡Griiing!» del
Profesor Salami. Quizá es él quien ha bostezado,
o quizá es quien se está acercando. ¡Es hora de
correr a la cama!

LA PLUMA DE CÓNDOR

Balbina ha regañado a Papabertie.

—¡Bueno, Papabertie! ¡No puedes ir por ahí comiéndote los calcetines de todo el mundo!

El enorme perro la mira con cara lastimosa, sin despegar su morro del suelo. Fer se ríe.

—El Sibiuda robaba calzoncillos y tú ahora robas calcetines. ¿Es que quieres ser como él?

—**Whorfff...** —gime, avergonzado, Papabertie. Se tapa los ojos con su pataza.

Hopi se le acerca, le pone una patita sobre la nariz y le da su opinión.

—**¡Hopi!**

Papabertie mueve la cola. Sabe que lo han perdonado.

La luna, tras la ventana, ha sonreído.

—¡Venga, guardemos las velas! —dice Fer.

—Había dos… ¿Dónde está la que falta?

—**¡WHORFF…!** —trata de explicar Papabertie.

—¡Papabertie! —le regañan al mismo tiempo Fer y Balbina—. ¡También te la has zampado!

La Buba Luna Volanda se ha posado sobre su nariz y bate enérgicamente las alas.

—**Whooooorrrfff…**

Pero ya se tienen que ir todos a la cama.

Por la mañana les despierta un timbre horroroso.

—¡Grrriiiiinnnnng! ¡Qué *hogrooorrrr, griiing*! —La voz chillona del Profesor Salami retumba por el dormitorio. Está a punto de dar uno de sus terribles discursos, pero la campanilla que se tragó no se lo permite.

—¡Escuchadme todos! ~~*Hoygriiiiiing*~~! ¡Ay! ¡Es *hogrogrrrrrrririiiing*! Señora Verdana, explíquelo usted, *porg favooogrgriiiiiing*!

Entonces la señora Verdana Mosca, ayudante del profesor, explica a los niños que el Profesor Salami se marcha unos días a la ciudad. Tiene que ver a un doctor, el otorrinolaringólogo. Quiere que le saquen la campanilla del cuello.

Fer pregunta:

—¿Qué médico ha dicho usted, Profesor Salami?

—¡El otogrriiiiinnng! ¡Ay! ¡Grrrrrring! ¡Htogrgrrrrooooosssso! ¡Castigado! ¡Grrrriiiinnnng! ¡Dorgrmigrás en las cuadrgras, grrrrriiiiing! ¡Con los caballos!

—¡No es justo! —protesta Balbina.

—¡Y tú también dorgrmigrás allí, ggrrrrriiiinnng! ¡Niña impergretinentgrrrrriiiiinnnnnggg!

Los demás niños no saben si reírse de la campanilla o si sentir lástima por Fer y Balbina. En las cuadras no se debe de dormir muy bien que digamos.

Por fortuna el Profesor Salami se marcha inmediatamente hacia la ciudad.

—¡Adiósssgrrriiinnnnngg!

A la señora Verdana se le ha puesto la nariz roja como un pimiento, con tantos nervios. Cuando el Profesor Salami ya no está, decide que saldrán a hacer un poco de ejercicio al exterior.

—**¡Hopi!** —se oye. A Hopi le gusta salir a dar un paseo.

—¿Qué ha sido eso? —pregunta la señora Verdana.

—¡Soy yo, ha sido un estornudo, señora Verdana! —se apresura a responder Fer.

Mientras tanto ya se ha puesto la gorra. Es una gorra que Balbina le ha ayudado a coser. En su interior hay sitio de sobra para Hopi, y unas correas para que esté cómodo y no se caiga. ¡Y también hay un bolsillo donde caben una piruleta y un poco de chocolate! ¡Y otras cosas más!

Alrededor del internado Sharlok Home se extienden unos

bosques espesos, campos verdísimos y un pacífico río que se puede cruzar a través de un viejo puente de piedra. De vez en cuando se puede encontrar una antigua casa con jardín. Es un paisaje bonito y tranquilo, lástima que el Profesor Salami no los deje salir a pasear más a menudo.

La señora Verdana ha dado su lección de ciencias naturales bajo un viejo árbol, un álamo. Después les ha hecho observar el trigo, la viña y el heno. Les ha preguntado el nombre de todos los pájaros que han visto (¡Fer se los sabía todos!) y los ha llevado al río.

Cuando el Sibiuda ve el agua corre a ponerse detrás de Fer. ¡Quiere pegarle un empujón! Pero Hopi lo ve todo desde su gorra.

Desciende de un salto, se pone tras el Sibiuda, pega un brinco y... ¡le muerde la pierna!

—¡ÑAC-CA!

—¡Auuuu!

Rápidamente, Hopi vuelve a esconderse bajo la gorra.

—¿Qué estás gritando, Sibiuda? —le regaña la señora Verdana.

—Nada... —Sin entender nada en absoluto, el Sibiuda mira a Fer con rencor.

Después de comer la señora Verdana les deja tiempo libre.

—¡Pero que nadie se aleje demasiado!

Balbina, Fer y Hopi pasean por el bosque. Tienen ganas de hablar y, además, Balbina quiere enseñarles su último invento.

—Mira, Hopi, es para ti.

Y desenvuelve un pequeño artilugio.

¡Es una pipa! Como la de Sherlock Holmes pero en pequeño. ¡Tiene el tamaño exacto para Hopi!

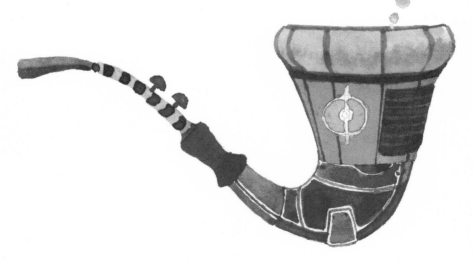

—Pero Balbina, ¡Hopi no puede fumar! —protesta Fer.

—No pasa nada... —ríe Balbina.

Y les muestra la Pipa Sherlock-Hopi. Por fuera parece una pipa normal. Pero en vez de estar vacía para que quepa el tabaco, tiene unos mecanismos especiales. No es para fumar. En cambio, puede echar humo de colores, y hasta provocar una espesa niebla. Tiene unos filtros especiales para respirar bajo el agua, y hasta una bocina que suena como la de un camión. ¡Y cien cosas más! Además, sabe a caramelo, a chocolate, a limón... según se quiera.

—**¡Hopiiii!** — el cachorro empieza a dar vueltas sobre sí mismo. Está tan contento que se mete la pipa en la boca y, sin darse cuenta, aprieta el botón que la hace girar como una hélice. ¡Hopi sale disparado hacia atrás hasta que choca contra un roble!

—**Hopiiiiiiiiiiiiiiiiiiiiii...**

Él no se asusta. ¡No para de reírse!

—¡Balbina, eres genial! —exclama Fer,
admirado.

Balbina, tímida, se pone muy roja.

—Yo también te he traído algo, Hopi —dice Fer.

«**Pif, pifff...**», hace Hopi con la pipa. Ha echado
dos nubecillas de un humo azulado que huele a
vainilla. Frunce una ceja. ¡Ahora sí que se parece
a Sherlock Holmes!

Fer saca una pluma de cóndor de su bolsillo.

—Es la pluma que traías en la cabeza el día que
caíste del cielo. Creo que es del gran cóndor que te
trajo. He leído que para los indios Hopi las plumas
de cóndor tienen poderes mágicos.

—**¡Hopi!** —dice Hopi.

Agacha la cabeza. Fer le pone la pluma.

—**¡Hopi!** —chilla Hopi. Se siente muy poderoso. ¿Y si la pluma es mágica de verdad?

Se pone a dar vueltas sobre sí mismo. Cada vez se mueve más deprisa.

—¡Espera, Hopi! ¡No corras tanto!

¡Pero qué velocidad! Empieza a correr arriba y abajo tan rápido que casi no se ve.

—**¡Hop**iiiiiiiiiiiiiiiiiiiiiiiiiiiiiiiiiiiiiiiiiiiiiiiiiiiiiiiiiiiiiiiiiiiiii!

Y de repente, cuando parece que va a volver a chocar contra el viejo roble, trepa por él como si nada. ¡Arriba!

—¡Hopi, espera!

Pero ya es demasiado tarde. Con la velocidad se ha puesto en marcha la pipa, que ha empezado a dar vueltas como una hélice y a echar humo de color naranja.

—¡Hopi, cuidado!

—**¡Hopiiiiiiiiiiiiiiii! ¡Fiuuuuuuuuuuuuuuuuu!**

¡Hopi ha salido disparado muy alto y muy lejos!

Cuando Fer y Balbina llegan al lugar donde ha ido a parar, ven que Hopi ha caído sobre un montón de hierba fresca. Se halla a los pies del jefe de policía, el señor Sófocles Mint.

El señor Sófocles Mint estaba interrogando, en ese preciso instante, a la señora Masana:

—¿Un perro verde?

¿UN PERRO VERDE?

¿Un perro verde?

La señora Masana explica que estaba en su cocina preparando unos buñuelos rellenos de crema cuando ha entrado un monstruo en su casa.

—Un perro enorme, ¡verde fosforescente! —La mujer aún está muy asustada.

—¡Señora, eso no puede ser! —protesta el jefe de policía Sófocles Mint.

—¡Y echaba espuma por la boca! Cuando he visto al perro me he desmayado. Al despertar, todo mi dinero y todos mis objetos de valor... ¡habían desaparecido! ¡Ay! ¡Me lo han robado todo!

—¿No ha visto a nadie que acompañara al... perro verde? —pregunta desconcertado el jefe de policía Mint.

La mujer arruga mucho la frente para pensar.

—No sé... Es que... ¿sabe? Anteayer perdí mis gafas...

«¡Las gafas!», piensa Fer inmediatamente.

«**¡Pif, pif!**», suena la pipa de Hopi. Parece que nuestro amigo ha pensado lo mismo que Fer.

—¡Señora! —dice el policía Sófocles Mint—. ¡Usted ha sufrido visiones! Se ha debido desmayar y alguien ha aprovechado para entrar en su casa, eso es todo. ¡Caso resuelto!

—**¡HUOPFF!** —ladra de repente su perro policía. Es Hausmann, un pastor alemán serio y trabajador, como el propio Sófocles Mint, pero quizá un poco demasiado serio.

—Pues si no me creen —se enfada la señora Masana—, ¡vayan a preguntar al señor Potts!

Él también ha visto al monstruo verde. ¡Y a él también le han robado!

Sófocles Mint y Hausmann niegan con la cabeza. ¡No existen los perros verdes!

—Vamos a visitar al señor Potts —susurra Fer—. Aquí hay un misterio que resolver...

—**¡Hopi!**

Los tres amigos corren a la casa del señor Potts. Su granja está al lado de la granja de la señora Masana, no queda nada lejos.

—**¡Hopi!** —va ladrando Hopi. Está contento y corre el primero

de todos. ¡Quiere resolver el caso! Fer también corre mucho. Está bien entrenado. Piensa que un buen detective ha de ser capaz de correr, saltar, escalar… A su lado, Balbina avanza sonriendo y dando saltos de canguro. Se ha puesto uno de sus inventos, ¡las «deportivas-con-muelles-canguro»!

Cuando llegan a la Granja-Potts, el señor Potts les cuenta que vio un perro verde y que se desmayó…

—¿Y no vio a nadie más?

—Es que me robaron las gafas hace poco…

—Las gafas… —murmura Fer, que cierra un ojo como Sherlock Holmes.

—**Hopi…** —le imita el cachorro.

Fer y Hopi se miran. ¿Qué habría hecho Sherlock Holmes en un caso así?

—¿Hay más granjas por aquí, señor Potts?

El hombre se lo piensa un poco.

—Bueno, por aquí cerca, aparte de la Granja Masana y de la Granja Potts, solo encontraréis el caserón de la señora Thoven. Níobe Thoven, la compositora.

—¡Vamos allá! —dice Fer—. Vamos a hacerle una visita. Seguro que encontramos alguna pista.

—¡Buena suerte, pequeños investigadores! ¡Sed prudentes!

Pero los tres amigos ya corren campo a través hacia el caserón de la compositora Níobe Thoven. ¡Están tan emocionados que tiemblan de alegría!

MÁS GAFAS. UN PLAN PERFECTO

La casa de la señora Thoven es preciosa. Muy grande y con un jardín bien cuidado. Pero la puerta está cerrada. Hay un papel clavado en ella con una chincheta:

**NO ESTOY EN CASA. HE IDO A LA CIUDAD
A COMPRARME UNAS GAFAS,
AYER LAS PERDÍ.
VOLVERÉ PASADO MAÑANA.
Firmado: Níobe.**

—¡Pues claro! ¡Le han robado las gafas también a ella! —exclama Balbina.

En ese instante una voz furiosa los asusta.

—¡Eh! ¿Qué estáis haciendo aquí?

¡Es el Sibiuda! ¿Los ha estado siguiendo?

—¿Y tú qué haces aquí, Sibiuda? —Balbina no se deja intimidar—. Nosotros venimos a visitar a la compositora Thoven. ¿Y tú? ¿Acaso te gusta la música?

—¡Bof! —escupe el Sibiuda—. ¡Esto no es cosa tuya! La señora Verdana os llama. Es hora de irse. ¡Corred, polluelos, corred!

Se echa a reír y los persigue unos metros mientras les arroja piedras. Después mira durante un rato el viejo caserón, arruga la nariz y se va.

Esta noche, por culpa del castigo del Profesor Salami, tienen que dormir en las cuadras. Por suerte no hace frío. Entre la paja y el calor que dan los caballos se está bien.

La señora Verdana les ha prestado un

quinqué con pantalla de cristal para
que no se queme nada.

—Pero no os puedo dar
nada de comer, lo siento
mucho. El Profesor
Salami lo ha
prohibido…

—No
pasa nada,
señora Verdana,
estaremos bien.

La luna, hoy,
ilumina poco. Una de las puertas del internado
se abre. Los dos niños ven a la señora Nonna,
la cocinera. ¿Qué está haciendo? Deja una cesta
en el suelo. Tras ella aparece Papabertie. La
señora Nonna acaricia su enorme cabeza y le
pone el asa de la cesta en la boca. Después le da
unas instrucciones…

—**¿Hopi?** —A Hopi, muy concentrado viendo la escena, se le ha caído la pipa de la boca.

Muy tranquilo, Papabertie les trae la cesta.

—¡Oh, Papabertie, gracias!

En la cesta hay pan, queso, salchichón, plátanos y unas tarrinas de natillas. ¡Es la comida preferida de Hopi!

Así pues, Papabertie no robaba comida de la cocina. Era la señora Nonna quien se la enviaba a ellos a través de Papabertie.

—¡Gracias, Nonna! —grita Fer hacia la puerta del internado, que vuelve a cerrarse.

Pero no pueden despistarse, porque Papabertie ya se está llevando el salchichón a un rincón, dispuesto a zampárselo entero.

—¡Papabertie!

Mientras están cenando, Fer les explica su plan.

—¡Un plan perfecto!

Si ayer robaron las gafas de la señora Níobe Thoven, seguramente esta noche el perro verde aparecerá por la casa.

—Ella está en la ciudad. ¡Pero nosotros nos disfrazaremos de la señora Thoven! ¡Resolveremos el enigma del perro verde!

—**¡Hopiiiiiii!**

A Hopi le gustan las aventuras.

Balbina está muy seria.

—Pero… ¿Y si el perro verde existe realmente? ¿Y si echa espuma verde por la boca?

—¡Nosotros somos tres! —exclama Fer.

—**¡WHORFF!** —protesta Papabertie.

—¡Perfecto, ya somos cuatro!

«**Pif, pif…**», suena la pipa de Hopi.

—¡Tu pipa va a ayudarnos, Hopi! —se ríe Fer.

Entre risas, mientras se comen las delicias que les ha hecho llegar la señora Nonna, empiezan a buscar ropa vieja para hacerse un disfraz. Hopi es muy útil. Se pone la pluma de cóndor y entra por las ventanas del internado a buscar lo que haga falta. ¡Siempre consigue lo que quiere!

Tienen que darse mucha prisa, si quieren llegar antes que los ladrones.

Nuestros amigos corren al caserón de la señora Thoven. ¿Llegarán a tiempo?

Rápidamente saltan arbustos y atraviesan campos. Caminando tranquilamente, les sigue Papabertie. Se queda atrás. Él también quiere ayudar, claro, pero con calma. ¡Vaya perro perezoso!

EL ATAQUE DEL PERRO VERDE

La casa de la señora Níobe Thoven parece tranquila. Desde fuera, a través de la ventana, puede verse el fuego encendido en el hogar. Cerca del fuego, sentada en una butaca, está la señora Thoven. Es muy anciana y parece tener frío. Viste un gran abrigo de lana, unas zapatillas que le quedan enormes y un pañuelo en la cabeza que le abriga las orejas.

Lo que no puede verse es que bajo este pañuelo se esconde Hopi. Y que esta viejecita sin gafas no es una viejecita. Es Fer, claro está, disfrazado.

—¡No te muevas, Hopi! —susurra Fer—. Oigo voces que se acercan.

En ese instante se oyen, efectivamente, dos voces.

—¡Ahora, Supositorio, ataca!

—Zí, zí, zí… ¡Ataca, Zupozitorio!

Una de las voces… ¡parece la del Sibiuda! ¿Y qué nombre tan ridículo es este de «Supositorio» para un perro? Pero todo va demasiado deprisa para poder pensar.

Por el cielo pasa volando… ¡otro perro verde!

Fer se queda helado en su butaca. ¿Un perro verde volador?

La puerta cruje. ¡Alguien la está forzando con un martillo!

¡Crac! ¡La puerta se ha abierto!

—¿Quién es? —Fer imita la vocecita de una abuela. A Hopi esta voz le provoca un ataque de risa—. Estate quieto, Hopi, que te vas a caer…

—¡Ataca, Supositorio!

Fer está a punto de chillar de verdad cuando ve al monstruo.

Porque, efectivamente, un perro inmenso, incluso más grande que Papabertie, se acerca... ¡Es de color verde fosforescente! ¡Y echa espuma por la boca!

—¿Quiénes sois? —dice Fer con su voz de vieja.

—¿No ze dezmaya la viejecita? ¡Puez ataca, Zupozitorio! ¡Cómetela, hala!

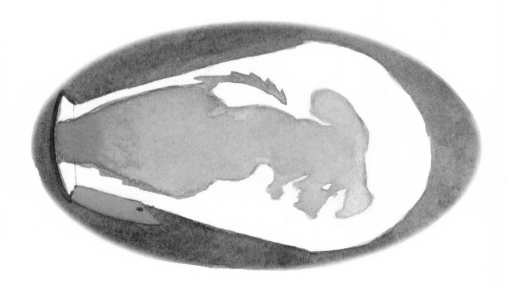

El perro se abalanza sobre Fer.

—**¡GROAMPFF!** —ruge el animal.

Pero Hopi pega un chillido sobreagudo, mucho más potente que el del monstruo.

—**¡HOPIIIIIIIIIIIIIIIIIIIIIIIIIIIIIIIIIIIIIIIIIIIIIIIIIIIII!**

—¡Ahora! —dice Fer, saltando a un lado. Y el perro verde se encastra en la butaca.

—¡Toma! —grita Balbina, y arroja sobre el monstruo su red especial para cazar pulpos gigantes.

—**¡GROAMPFF!** —ruge el animal.

Pero ¿qué locura es esta? El otro perro verde intenta entrar por la ventana superior.

—¡Quedáis detenidos! —grita Fer.

Uno de los dos hombres huye corriendo. El otro, con una navaja, libera a Supositorio de la red.

—¡Cómetelo, Zupozitorio! —grita el hombre, que ya ha cortado la correa del perro.

—¡Ay!

De la cabeza de Fer empieza a salir un humo de color marrón. ¡Es la pipa de Hopi! ¡Y qué peste que suelta!

—¡Muy bien, Hopi! ¡Es el humo repelente! —ríe Balbina.

El monstruo se retira: «¡PUAJ!».

—¡Huyamos, Zupozitorio! —dice el hombre, y salen corriendo perro y amo.

—¡Sigámoslos! —dice Fer. Se ríe. Siempre había querido decir una frase como esta: «¡Sigámoslos!».

—**¡Hopi!**

Y se lanzan a una persecución terrible, campo a través.

UN COMBATE FEROZ

El perro verde volador sigue de cerca al hombre y al perro verde que corre.

—¡Huyen hacia el bosque!

—¡Allí, en el río! —exclama Balbina, saltando sobre sus zapatos-muelle.

Hopi se ha adelantado.

—¡Se esconden entre los árboles!

El perro volador se ha quedado atascado entre dos ramas. Sin pensárselo ni un segundo, Hopi acciona su pipa como una hélice y se lanza de cabeza contra él.

—**¡Hopiiiiiiiiiiiiiiiiii!**

—¡Hopi, no! ¡Va a devorarte!

«¡¡BLAM!!»

¡El perro ha explotado!

Dando vueltas, Hopi cae al suelo. Por suerte Fer llega a tiempo de recogerlo antes que se pegue un trompazo. En la boca Hopi lleva… ¡un pedazo de globo!

—¡El perro volador solo era un globo! ¡Era un truco!

La voz del hombre los asusta.

—¡Basta! ¡Me habéiz dezcubierto! ¡Pero yo no zoy un globo! ¡Ni Zupozitorio tampoco! ¡Ataca, Zupozitorio!

—**¡GROAMPFF!**

¡Qué horror! La bestia, verde, echando espuma por la boca, se les aproxima. Parece que esté sonriendo.

Fer empieza a hacer planes en voz alta.

—Balbina, tú prepara otra red… Hopi, tú ponte ahí detrás…

Pero Hopi olisquea algo. Levanta sus

pequeñas cejas. ¿Qué hace? ¡Sonríe! ¿Qué es lo que ha descubierto con su olfato extraordinario?

El pequeño héroe se acerca al perro verde…

—¡Hopi, vuelve!

«**Pif, pif…**», hace su pipa. Entonces se la saca de la boca y… «**¡SPUT!**». Lanza un pequeño escupitajo a la frente del monstruo.

La cabeza de la bestia empieza a hervir y a echar espuma.

—**¡Hopi!** —grita Hopi, triunfante. Y usando su pipa como una manguera, empieza a arrojar un chorro de agua sobre el animal. ¡La espuma ya no sale solo de su boca, sino de todo su cuerpo!

Aprovechando que el perro verde se retuerce sobre sí mismo como si le picase todo, Fer se aproxima a él por detrás. Le toca con un dedo, y después se mete el dedo en la boca.

—¡Es sidral! ¡Sidral de kiwi!

Hopi sonríe, satisfecho.

—¡Lo han dezcubierto! Pero ezto no oz va a zalvar. ¡Ataca, Zupozitorio!

—**¡GROAMPF!**

—¡Ay, socorro! —grita Balbina. El monstruo se aproxima a Fer. Ahora se ha enfadado de verdad.

En ese momento, dos perros surgen de entre los arbustos. El primero es Hausmann, que tropieza, se cae al suelo y queda inconsciente. ¡Vaya desastre! El segundo es…

—¡Papabertie!

—¡WHORFF!

Con todo el peso de su cuerpo, pega un cabezazo al monstruo verde, que se cae al río. El sidral empieza a espumear y a hervir a su alrededor. ¡Qué nube de color verde!

En ese momento llega el jefe de policía Sófocles Mint.

—Hausmann, ¿qué ha pasado? Estaba yo vigilando por la zona y ha llegado este perro enorme…

—Papabertie.

—Sí, Hausmann le ha seguido. ¿Alguien puede explicarme qué ocurre aquí?

Fer empieza a explicárselo todo.

—¡Quedáis detenidos! —dice Sófocles Mint al hombre y al perro verde, que ya no es verde.

Después del sidral y del río, el pobre animal se ha quedado temblando. De hecho, pone cara de avergonzado.

Parece que el ladrón, junto con su ayudante (Fer cree que se trata del Sibiuda), tenía un plan para robar en todas las casas de la zona. Buscaban personas mayores, les robaban las gafas y, de noche, les asustaban con el perro verde hasta que se desmayaban. Tenían al perro-globo y a Supositorio, un viejo mastín malhumorado y cubierto de sidral de kiwi, cosa que le daba un espantoso color verde fosforescente. Cuando los ancianos se desmayaban, los ladrones vaciaban sus casas.

—¡Uhumm...! —murmura el jefe Sófocles Mint—. Serías un buen detective, Fernando Badal. Los tres lo seríais... Pero no puedo hacer nada para detener a ese tal Sibiuda. No tenemos ninguna prueba contra él.

—¡**WHORFF!** —suspira Papabertie, que después del esfuerzo se ha dormido.

Todos ríen.

UN FINAL BASTANTE FELIZ

Cuando llegan agotados al internado, los espera una sorpresa desagradable.

—¡Allí, Profesor Salami, ya llegan!

—¡Hogrogrrosso! Tic-tac, tic-tac…

El Profesor Salami ya ha vuelto del otorrinolaringólogo. El médico le ha sacado la campanilla del cuello, pero le ha quedado un extraño sonido a reloj.

—¡Hogrogrrosso! Tic-tac, tic-tac… ¡Castigados! Tic-tac, tic-tac… ¡Os habéis escapado!

El Sibiuda se ríe.

—¡Hris, hris, hrissss! Ya se lo decía yo,

profesor. Son peligrosos. ¡Castíguelos! ¡Castíguelos!

Fer y Balbina intentan explicarse.

—¡Profesor Salami! ¡El Sibiuda es un ladrón!

—¡El perro verde!

—¡El jefe de policía Sófocles Mint!

Pero no sirve de nada. ¡El Profesor Salami no entiende nada de nada!

Esta noche nuestros amigos volverán a dormir en las cuadras.

No es un castigo tan horrible, bien mirado. Hopi se ha escapado y ha vuelto con la novela *El perro de los Baskerville*. ¡Ahora tienen la diversión asegurada!

Y Papabertie ha traído una nueva cesta con comida que les ha preparado la señora Nonna.

El Sibiuda, desde su habitación, aprieta los dientes.

—Me las pagaréis. Mi plan con el perro verde

era perfecto. Me las pagaréis… —jura. Y se pone a buscar otro calcetín que le ha desaparecido.

Fer, Balbina, Hopi y Papabertie, en cambio, son felices. Tienen pastelitos de manzana, zumo de grosella, una buena lectura y una cama caliente de paja. ¡Y la Buba Luna Volanda les hace compañía!

Pero sobre todo están contentos porque han resuelto un caso difícil: ¡el Caso del Perro Verde!

—Creo que Sherlock Holmes estaría orgulloso de nosotros —dice Fer.

—**¡Hopi!**

Por supuesto, pequeños detectives. Podéis dormir orgullosos de vuestra imaginación y de vuestro valor. Ahora bien, si algún día veis un perro verde volando por el cielo, ya sabréis que se trata de un globo, ¿verdad?

¡Buenas noches!

—**¡Hopi!**

SI TE HA GUSTADO ESTA AVENTURA, FER, BALBINA Y HOPI TE ESPERAN CON NUEVOS CASOS. ¡ACOMPÁÑANOS!